El zapatero y los duendes
The Shoemaker and the Elves

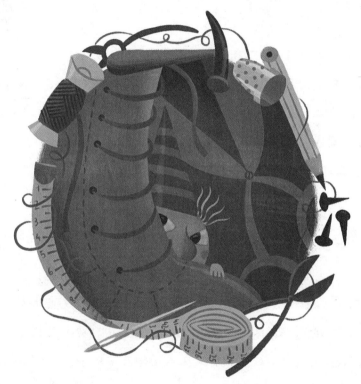

Adaptación / *Adaptation*: Darice Bailer

Ilustraciones / *Illustrations*: Sebastià Serra

Traducción / *Translation*: Madelca Domínguez

SCHOLASTIC INC.

New York Toronto London Auckland Sydney
Mexico City New Delhi Hong Kong Buenos Aires

Había una vez un zapatero muy anciano que hacía zapatos muy elegantes. Cuando sus dedos se volvieron torpes por la edad, el buen hombre no podía coser los zapatos con rapidez y la gente comenzó a comprar zapatos en otras zapaterías.

There once was an old shoemaker who made beautiful shoes. When his fingers grew tired with age, the shoemaker could no longer sew his shoes fast enough. People began buying new shoes from other shops.

Con tan pocos clientes, el zapatero no ganaba mucho dinero. Muy pronto, se volvió muy pobre y solo le quedó el cuero suficiente para hacer un último par de zapatos. Esa tarde, el anciano cortó el cuero y lo dejó encima de la mesa de trabajo para terminar de coserlo a la mañana siguiente. Después, se fue a dormir.

With so few customers, the shoemaker could not earn much money. Soon he was poor and only had enough leather for one last pair of shoes. That evening the old man cut out the leather and left it on his worktable to finish stitching in the morning. Then, he went to sleep.

Por la mañana, el zapatero se sorprendió al ver que alguien había terminado de coser los zapatos. Todas las puntadas eran perfectas.

"¿Quién habrá hecho esto?", se preguntó el zapatero, rascándose la cabeza.

———⊙∅∅⊙———

The next morning, the shoemaker was surprised to see that someone had finished making the shoes. Every stitch was neatly sewn. The shoemaker scratched his forehead and wondered, Who made them?

Ese día, un hombre muy rico se enamoró del par de zapatos.

—Los quiero para mí —dijo el hombre—, y le pagaré un buen precio.

El zapatero rebosaba de alegría, ya que con la venta tendría suficiente dinero para comprar cuero y hacer dos pares de zapatos.

That day, a rich man fell in love with the handsome pair of shoes.

"I must have these," the man said, "and I'll pay a good price!"

The shoemaker was overjoyed, for with the sale he now had enough money to buy leather for two pairs of shoes.

De nuevo, el zapatero cortó los modelos y los dejó para coserlos en la mañana. Cuando despertó, el buen hombre descubrió que otra vez había sucedido lo mismo. Los dos hermosos pares de zapatos ya estaban terminados.

El zapatero los vendió inmediatamente y compró más cuero para su zapatería.

———

The shoemaker cut out his patterns again and left the leather to be sewn in the morning. When the shoemaker awoke, he saw that the same thing had happened. Two beautiful pairs of shoes were already made.

The cobbler sold them right away and bought more leather for his shop.

Esta vez, el zapatero cortó el cuero para hacer cuatro pares de zapatos y una vez más, por la mañana, se encontró los zapatos listos para vender.

El cuero que compraba el zapatero se convertía mágicamente en zapatos durante la noche. Su zapatería volvió a estar muy concurrida con muchos clientes satisfechos.

———————

The shoemaker cut out the leather for four pairs of shoes and again woke up to find the shoes all ready for sale.

The shoemaker bought more leather that magically turned into shoes overnight. His shop became busy with many happy customers.

Muy pronto, el zapatero se volvió rico, con dinero suficiente para vivir cómodamente.

Una tarde, poco antes de Navidad, el zapatero le dijo a su esposa:

—¿Por qué no nos quedamos despiertos esta noche y vemos quién nos está ayudando?

Soon the shoemaker was a wealthy man with enough money to live very comfortably.

One evening, not long before Christmas, the shoemaker said to his wife, "Why don't we stay up tonight and see who is helping us?"

A la esposa del zapatero le pareció una buena idea. La pareja encendió una vela y se escondió en una esquina de la habitación. A medianoche, vieron a cuatro alegres duendecitos bajar por la chimenea y acercarse a la mesa de trabajo. ¡El zapatero y su esposa no podían creer lo que veían!

The shoemaker's wife agreed. The couple lit a candle and hid in a corner of the room. At midnight, they saw four cheery little elves scramble down the chimney and onto the workbench. The couple could not believe their eyes!

El zapatero y su esposa observaron cómo los pequeños duendes tomaban el cuero y comenzaban a coser con sus deditos, dando puntadas y clavando rápidamente, sin fallar ni una sola vez. Los duendes no dejaron de trabajar hasta la mañana, cuando todos los pares de zapatos estuvieron terminados. Entonces, se marcharon.

The cobbler and his wife watched as the little elves picked up the shoe leather and began to sew with tiny fingers, stitching and hammering quickly and neatly. The elves did not stop sewing until morning, when every pair of shoes was finished. Then, they ran away.

Al otro día era Nochebuena, la víspera de Navidad, y la esposa del zapatero dijo:

—Los duendes han sido muy buenos con nosotros. ¿Por qué no les hacemos unas ropas calentitas para agradecerles? Yo les puedo hacer camisillas y pantalones y tú les puedes hacer zapatitos.

Al zapatero le pareció una excelente idea.

The next day, on Christmas Eve, the shoemaker's wife said, "The elves have been very good to us. Let's thank them by making some warm clothes. I'll sew little shirts and pants and you can make little shoes."

It was a wonderful idea and the shoemaker agreed.

A medianoche, los duendecitos muy emocionados se probaron sus ropas nuevas y escribieron en una nota: "¡Por tener tan buen corazón, la suerte nunca los abandonará!".

Entonces, los agradecidos duendes se marcharon, muy abrigaditos en su ropas de invierno en busca de una nueva familia a la que ayudar.

At midnight the delighted elves tried on their new clothes and wrote a note: "Because of your kindness, you will always have good luck!"

Then the grateful elves scurried off, snug in their warm clothes and in search of a new family who needed their help.

ISBN-13: 978-0-545-02990-2
ISBN-10: 0-545-02990-2

12 11 10 9 8 7 6 5   40   10 11 12/0

Printed in THE UNITED STATES

First Scholastic printing, May 2007